그대에게 물들기도 모자란 계절입니다

© 김숙

그대에게 물들기도 모자란 계절입니다

서호식

천년의시작

꽃나무는 저 고운 색을
제 가지 속
어디에
담아 두었다가
피어 내는 걸까

몸뚱이 마디마다
몸살을 앓아야 겨우 한 송이
피어 낸다

꽃잎 하나하나는
나무가 죽을힘을 다해
피어 낸
온 생이다

햇살 바삭해지는 가을 어느 날
서호식

차 례

시인의 말

제1부 산마루는 눕지 않는다

제2부 부르면 눈물이 먼저 대답하는 이름

제3부 내 안에 내 아내

제4부 당신 가슴에도 주소가 있으면 좋겠습니다

해설

제1부 산마루는 눕지 않는다

하늘 한 동이

하늘 한 동이 길어다
그녀 발을 씻긴다

말갛게 씻긴
그녀 발등에
하늘 물이 들었다

웃는
그녀의 뽀얀 얼굴로
하늘이
쏟아져 내려온다

빗소리로 그대를 짭니다

실타래처럼 비가 내립니다
실한 몇 가닥 추려 내
보고픔을 짭니다

굵고 곧은 가락 엮어
그대 있을 저만치로 띄웁니다
더는 젖지 마세요

빗소리를 바라보는 것만으로도
그대를 듣습니다

까마득히 많은 계절을 젖어 바라본 비
그때마다 어떻게 다른 소리가 되어 오는지
다름으로 다가가는
방법이 있다면 배워 두고 싶습니다

내 입술로 뿌려진 말들도 이 비만큼 될까
땅속으로 스며든 빗방울보다

바다로 간 빗물이 더 많듯이
버려지는 말보다
씨앗이 되는 말이 더 많았으면 좋겠습니다

빗소리로 곡조가 된 글들이 그대에게도 내려
날줄 사이사이
그리움의 씨줄을 꿰어
그대와 나 한 올로
흠뻑 짜이면 좋겠습니다

만세

내가 제일 먼저 배운 말은
만세,
그래 만세였다
엄마는 내 윗도리를 벗길 때마다
만 세 했다

나는 두 팔을 번쩍 들어
어둔한 만세를 했다
무슨 뜻인지도 몰랐던
만세

만세는 승리를 가르치고 싶은
엄마의 기도였다

한없이 쇠잔해진 엄마를
씻겨 드려야겠다는 생각에
엄 마 만 세

엄마는 엉거주춤
구부정한 만세를 한다

아픈 세월을 품은
어머니의 숨찬 만세는
예순의 입안에서 울었다

아작我作

내게 수작 부리던 그대
알고 보니
수작이구려
우리 언제 만나 대작하며
꿍짝이 되어 봅시다

강으로 하늘이 흐르고 하늘로 강이 떠 있소

그대와 나
명작이 될까요
걸작이 될까요
아니
아작이 될래요

아직도 수작 부리는
그대로
가빠지는 걸 보니
그대는

애작하고 싶은

예작이구려

빛을 빚다

밤새 앓아대는 파도 소리에 잠을 설쳐
눈 비벼 뜨며 하품을 하다
그만

모래알 하나를 삼키고 말았다
제 집인 양 파고들며 속삭인다
보석이 되어 줄게
빛나게 해 줄게

질색하며 뱉어 내 보지만
더 깊이 헤집어 든다

고통의 절정에서 모래 씨 하나 품었다

빛 하나를 빚어내려고
천 날을 가슴에 심고
살을 벗겨 감싸 안기를 수백 번
거듭할수록 더 빛남을 알기에

나를 깎아 다른 나를 벼리는 일이다
나를 찢어 싹 하나 틔우는 일이다
내 상처를 뜯어내 숨 하나 불어넣었다
고통을 품어 내 살이 된 다른 씨

온 생 들여 빚어낸 생명 하나

장날

대목 앞두고
침 바른 말보다 침 튀긴 말에 더 정이 가는
따숩고 꼬순 소리

올 사람도 없는데
괜스레 분주해지는
북부시장

긴 소리 짧은 소리
투박한 언어들 속에
파리채도 한몫 거들고 나서는

오늘이 어제인 듯
시든 시금치처럼 졸고 있는 볕

성경책마저
졸린 눈 억지로 뜨고
꾸벅꾸벅 할머니를 읽고

침 묻혀 넘긴 세로글씨들이
끄덕끄덕 돋보기를 깨운다

졸음도 풍경이 되는

난장 속으로
노을의 파장이
더 붉다

바늘은 제 살을 찌르지 않는다

풀릴 때까지
그만 됐다 할 때까지
또 하고 다시 해야 한다
사죄는

그것을 다했다 하는 그

치켜뜬 응어리가 실밥을 비집고 나온다
억울함과 분함을 바늘귀에 꿴다
원망도 욱여넣는다
다독다독 억지 시침을 한다

그렇게는 못 하겠다는 휘어진 바늘 끝이
손톱 밑을 찌른다
핏물이 스민다

잘라 내지 못한 상처가
그가 아닌 나를 찔러댄다

가슴에 구멍이 숭숭 박힌다

아직은 안 된다 한다
좁아진 바늘귀에
그도 함께 꿴다
상처를 오려대고 쫀쫀하게 홀쳐맨다 그를 놓아주고

옹이 진 마음도 풀어 마감질 한다

기우뚱 걷는 세상

한 짐 휘청하게 지고
성한 쪽에 기대어
반쪽 걸음으로 겨우 간다
반은 끌고 반은 흘리며
생이 빠져나가듯이

엄마의 걸음이 예전 같지 않다
많이 쓴 쪽이 닳아져서 그런 것이니
암시랑 않단다

세상이 기울어져 그런 것이라고

기운 자식 바로 세우고
비틀거리는 살림 버팀목으로
더 쓴 쪽이 짧아진 것이다

한 짐 식구들을 머리에 이고도
짱짱했던 다리였는데

반듯한 길을 기우뚱 걸어도

암시랑 않은

반듯한

한

생

싹의 노래

아직 겨울을 쥐고 있는 서릿발 속으로
햇살이 넓혀 들어 흙이 부풀어 열린다
언 땅속에서 몸을 뒤집는 봄을
들여다보는 일은 기적이다

봄은 겨울보다 더 깊은 곳에서부터 올라온다
사계절이 한곳에서 기다리고 있는지도 모른다

헐거워진 흙은 부풀어 올라 관능의 몸을 연다

달아오른 봄은
햇빛을 치러 낸 틈으로 싹을 틔운다
들뜬 싹들은 흙을 주무르고 얼러 터를 잡는다

땅을 고르는 농부는 햇볕에 몸을 부비며
한마디도 하지 않고 종일
서로를 어루만지고 손끝으로만 교감한다
소통의 단계를 이미 넘어서고 있다

다시 봄이 돋지 않는 몸을 등에 지고

왔던 길을 돌아서 간다

연못에 들다

여름내
연못을 다 덮고도 남았던 연잎이
까맣게 굽어
진흙탕 속에 고개를 처박고 있다

굽은 허리 위로 눈송이가 피었다
죽어도 꽃을 피우고 싶은
연심이다

물에 잠긴 그림자까지 담아내기 위해
카메라를 켜 든 사이
어디로 날아가 버렸는지
눈꽃이 보이지 않는다

연 줄기와 눈의 품이 헐렁해져
물속으로 스며들었나 보다

그래, 누군가에게 든다는 건

든 듯 아니 든 듯
그가 되어야 하는 것이다

연잎 한 장으로 찍힌
얼굴 하나
연못 속에 어른거린다

우체통

세상의 통은 다 아름답다
드럼통
북새통
깡통
대갈통
얼마나 정겨운가

매일 배부르고
매일 홀쭉해지는 통

숨 쉬지 않아도 살아 있고
발 없이도 어디든 간다

너를 통해 난 징집되었고
누이는 시집을 갔고
아버지는 고인이 되었다

라이너 마리아 릴케가 죽었다든가

일본 작가 이노무시키가 노벨상을 탔다든가
나라를 꿀꺽해 버린 정치인이 석방됐다는 소식은
너 혼자 배부르고
끝내 출산하지 않았다면 어땠을까

세상의 통은 다 아름답다
드럼통북새통깡통대갈통
우체통

풍경 이야기

가끔 창밖을 보며 살자
거기에는
그리운 이가 기웃거리고
오지 않는 미운 이가 산다
헤어진 연인이 마주친 난처함이 살고
짧은 동네 입들이 길게 머물다 가기도 한다
안 보면 궁금해지는 얼굴들

오물차가 굉음을 내며 지나간다
소리가 큰 것은 냄새를 감추려는 수작이다

창밖에는 초조함이 서성거리고
떠난 이의 눈물이 보낸 이에게서 흐르기도 한다
창틈에 끼어 비명을 지르는 바람은 제 소리가 무서
운 탓이다

창밖에는 생각이 산다

떠나고 싶은 내가 살고

가지 못한 그녀가 울먹거린다

계단

불혹의 소용돌이를 뚫고
더듬더듬 지천명의 터널을 지나
이순의 문고리를 잡았다

고희란 놈이 달려온다
비켜서려는데 뒤쫓는 팔순이 더 빠르다

육천 계단을 가쁘게 올라왔다
먼 줄만 알았던 칠천을 오르고
팔천에 닿으면
구천九千에 다다를까 구천九泉일까

뒤돌아보니 올라온 날들이 까마득하다
지나온 세월의 등에 무얼 새겼는지

발은 느리고 숨은 가쁜데
한 걸음에 두 계단을 오른 듯
더 오를 곳이 없는 것처럼

발아래가 까마득하다

이제는 더 줄일 것이 없다
오르는 저만치도 흐릿하고
되돌아갈 계단이 없다

생태를 말리며

배를 가르고 처마 밑에 한 생을 매달았다
새끼줄에 꿰인 아가미에 눈물이 한가득이다
허공 향해 치뜬 이 아득하다

과거를 열어젖히고
온몸의 수분을 다 빼내야 한 끼가 된다

마른 북어처럼
어머니 쇠해져 간다
요양원에는
줄줄이 엮인
과거들이 한 궤짝이다

자꾸만 지난날을 뒤지는 어머니
휑한 눈 가득

말라빠진 북어처럼
비린 한 생이 빠져나가고 있다

산마루는 눕지 않는다

산마루는 눕지 않는다
싹을 틔워 내야 하고
내려와 앉은 볕에게 쉴 그늘을 만들어 주어야 한다
업혀 잠든 바람도 깨워 보내야 한다

산마루는 잠들지 않는다
기대어 잠들고 숨기 편한 아버지 등처럼
가끔은 별들이 숨어들어
졸다 가는 이야기를 담아 두어야 한다

산마루는 우는 하늘도 닦아 준다

아버지는 자식들 앞에서 한 번도 눕지 않았다
잠도 없고 아프지도 않는 줄 알았다
자식들 평생을 업어 재운 등

아버지 등은 여전히 산마루
일곱 쉼터로 있다

제2부　부르면 눈물이 먼저 대답하는 이름

가을 한 솥

초록을 피우던 나무들
한 입 베어 물면
파랗게 배어 나오는

하늘 벗긴 구름
햇살 바삭해지는 한낮
소슬바람 이는 사이로
잘 익은 가을 한 솥 수북이
상을 차린다
햇볕 한 줌
바람 한 잎 구름 한 조각

손 흔들어 가을 배웅하고
산 노을 지펴
그대 빛깔로 물든 저녁

산 아래 내려와서야 겨우 맛을 본다
가을 한 솥

백일홍
―배롱나무꽃

담장 너머로 붉은 꽃이 피었다
엄마는 저 꽃이 세 번 피면
쌀밥을 먹을 수 있다고 했다
그 말에 나는
쌀밥나무꽃이라 불렀다

호남고속도로가 뚫리면서
붉은 나무는 아궁이 속으로 끌려 들어갔다
꽃잎처럼 타는 나무를 보며
다시는 쌀밥을 먹을 수 없다는
아뜩함에
몸에서 붉은 진액이 흘렀다
그 끈적한 뜨거움에 몸서리치며
성장통을 겪는 동안

담울담울 쌀밥처럼 피었다 지고
피기를
세 번이나 반복하며

온 생을 꽃으로 피운

져서도 쌀밥 향기로
가슴에 있는
어머니 꽃

수멍두리

들말을 지나
수멍두리를 건너면
항아리 속처럼 따뜻했던 마을

어무이

늘 입안에 있던 이름인데
다른 한 생이 따라 들어와
목구멍을 막는다

언제나 수멍두리께만 들면
어느새 알고 마중 나온다
어머니 냄새다

언제나 눈물이고
덜한 데 없이 푸근한
서둘러 마음 먼저 달려가는

말만 꺼내도

금세 울음이 되어 버릴

그렁한 기억을 담는다

부대낌 속에서도

일곱 남매 빈 생을 채웠던

그

아린

어머니

냄새

깍두기를 담그며

무 한 밭 등에 지면
가을이 한 짐이다
햇살과 어머니만을 먹고 자라
잘 익은 하늘처럼 곱다

무는
잎이 뜯겨지고
껍질이 벗겨져
깍두기가 될 때
비로소 제 향을 낸다

몸이 깎이고 잘려 나가며
살점을 다 내어 주고 나서야
겨우 내는 신음이다
한 조각 울음이 향기가 되어 가는 것이다

한 입 베어 문 속으로

울컥

어머니

엄마의 밥상

쉰을 넘긴 자식들 위해
차려 내는 팔순의 밥상
더 넣은 것도
더 차려진 것도 없는데
여전히 맛있다

그때 그 꺼리
그 나물 그 반찬인데
수십 년을 먹어도
그대로 그 맛이다

에이, 오늘은 짜네
이게 아닌데
엄마도 이젠 늙었나 봐
옛날 맛이 아녀

자식들의 걱정 반
투정 반

그녀 귀에 닿을 리 없지만

그러면서도
연신 빈 접시를 긁어대는
맛있는 군입들

아들은 갔어

한 달에 한두 번
요양원에 갇혀 버린 엄마를 만나러 간다
채 한 시간도 안 되는 긴 시간

이젠 가야 된다고 밀어내지만
잡은 손을 놓지 않는다
말라 버린 줄 알았던 기억들을
쏟아 내는 손 사위로
엄마의 생이 떨어져 나가고 있다

다시는 고향 하늘을 볼 수 없다는 걸
지금 이 모든 것들이 마지막이라는 걸
바보가 된 기억이 다 아는 것이다

반 억지로 간절한 손을 뿌리치고 나왔지만
차마 걸음을 뗄 수가 없다
창틈을 엿보니

침대 난간을 붙들고
아들한테 가겠다는 생떼와
안 된다는 억압이 실랑이를 해댄다

그때, 엄마를 멈춘 단호한 한마디

아들은 갔어

우는 심지

심지는 뜨겁게 타야만 해요
뜨거워질수록
불빛은 더 밝게 빛나니까요

꽃답게 한번 피워 보지도
몸 한번 밝혀 보지도 못했는데
엄마의 등잔은 이제 더 태울 심지가 없네요

작은 바람조차 버거운 듯
소리 없이
제 살만 태우지만
이제는 심지를 적셔 줄 기름 한 방울이 없네요

돋우지도 못하게 타 버린
불꽃을 안은 채
소리 없이 우는 심지

한 숨 남은 빛이

울고 웃던

시간 속에서 흔들리네요

삼군 사령관

열아홉 새색시 시집와
딸 아들 낳은 어느 봄
밭 갈고 씨 뿌리던
남편이 불려 갔습니다

그녀의 마흔여섯
칠월 스무이렛날 삼복에
큰아들도 불려 갔습니다

일흔을 넘긴 한 여름
손자마저 불려 갔습니다

장자만 삼대가 국가의 부름 따라갔습니다

남편은 육군에
자식은 공수부대에
손자는 해병대에
살아생전 삼대를 나라에 바친

어머니
어머니가 진정
이 나라 삼군 사령관입니다

그런 그녀에게도
징집영장이 나왔습니다

하늘 군대 주방장 자리가 비었다고

아버지를 듣다

언어장애를 가진 아버지와 아들이 장보기를 한다
손가락이 말이 되고
오선지가 되어 노래하는 듯
흥정을 한다
서로의 가진 것이 뭐가 그리 좋은지

명주실이 직녀의 손끝에서 비단이 되듯
어떤 말도 손가락 베틀을 지나면
은은한 비단이 되어 서로를 휘감는 듯했다

손으로 할 말 다 하고 덤도 얻고
아쉬워하고 흐뭇해하는 온몸 장보기

손 사위로 떨리는 목소리를 들을 수 있었고
눈자위가 촉촉해지면 손마디도 우는 듯했다
손놀림이 흥겨우면 얼굴도 웃었고
아들을 걱정할 때의 손은 엉킨 실타래처럼 구겨졌다
한 폭의 그림같이

자주 두 팔로 안아 주는 언어는 사랑해인가 보다

어릴 적 안아 주던 아버지를

저들 속에서

듣는다

흰 국화 만발한 날

된서리를 견뎌 낸
흰 국화가
아버지 가시던 그날처럼 아프게 피었습니다

이별은 운동회처럼 준비되어져 있지도
소풍처럼 밤새 뒤척이다 맞는
아침도 아니었습니다

어머니와의 남은 날을 헤아리며
자식들과 못다 나눈 정이 아쉬워
흰 등으로
훠이훠이 이별을 쫓던 아버지
문지방을 넘어서고 있는 정지된 시간

세상이 온통 꽃 잔치로 들떠 있을 때
국화로 꽃가마를 짓고
단풍잎 모아 만장을 기워
거룩한 이별을 준비했어야 했는데

제 삶만 움켜쥐고
내일이 또 있는 것처럼 여겨서
마른 손 한번 잡아드리지 못했습니다

가시는 길 초병이 되어
두렵고 떨리는 마음 안아드렸어야 했는데
한 번이 만 번처럼 허탈한 이별
다시 들을 수도 만질 수도 없는 아버지

웃음 호통 그대로 아버지 새겨진 곳곳

그날처럼 흰 국화만
그렁지게도 피었습니다
오늘

수제비

가랑비 내리는 날이면
하늘 지붕 숭숭 뚫린 구들방에서
빗소리를 뜬다

감춰 두었던 이야기들이
밀가루처럼 쏟아지는
늙은 흙벽에서
어머니 해소 천식을 뜬다

옛 맛 그대로 걸쭉한
이 나간 사발 속에서
어머니를 건져 올린다

© 김숙

제3부 내 안에 내 아내

예뻐요

말도
파는 데가 있다면
살 수 있다면

당신 참 예뻐요

이 말을 사 주고 싶다
당신에게

내 안에 내 아내

아내 안 해
그런 적 없이 나를 바라며
같이 가는 사람

내 속에 감춰진 다른 나를 찾아
자기를 견뎌 나를 다듬고
속에 두지만 가두지 않고 자유롭게 한 사람

감독하지만 감시하지 않고
코치하지만 바꾸려 하지 않으며
긴장시키지만 기죽이지 않고
다르지만 반대하지 않고
관리하지만 간섭하지 않으며

채움과 비움을 알고 나섬과 멈춤을 알고
드러낼 때와 내려놓을 때를 알아
자기를 지우고 나를 세워
내 안에 자기 삶을 써

나를 행복 삼아

다시 내 잔에 채우는

내 안에 내 아내

빗소리는 젖지 않는다

빗속에서는 항상 그녀 소리가 난다
비를 듣는 이유다
내가 젖는 이유다

빗소리는 나에게 아무 말도 하지 않았지만
내가 듣고
내가 들뜬다

두드리지 않아도 둥둥 소리가 난다

빗줄기는 서로 만나지 않는다
섞이지 않는다
손안에 담아야 하나가 된다

그대와 나 덧없이 젖으며
빗소리 깊은 곳까지 가자

빗소리로 그대를 듣고 나를 쓴다

젖지 않는 빗속에서

아내의 편지

평생 한 남자와 살아야 된다는 거
처음 만난 당신 앞에 너무 좋았어요
길이 없으면 어때요
길이 아니면 또 어떻고요

당신이 길이고 그 속에 내가 있는데

아주 가끔 이런 생각이 들어요
당신 아닌 다른 사람을 만났다면

나의 틈을 음표로 지어
피아니시모로 들어온 사람
바람도 춤추지 않는 곡조는 타지 말라며
엇박자로 들어와 노래하게 하는 사람

언제인지 모르겠지만
아마 길이 아니어도 좋다고 한 그때부터
지휘봉 끝에 연주되는 악보가 되었어요

강의 장엄함보다

돌 틈을 노래하는

계곡의 볕으로 드리워져

봄을 꿈꾸며

흰건반은 길게

검은건반은 유려하게

안단테 G단조로 조율하자고요 우리

이뻐

아흔 엄마의 아침 인사
도와줄 거 없냐
천직인 줄 알았던 어린이집을 그만두고
음식점을 시작하자
누구보다 일찍 나와 무엇이든 도와주려는

친구도 없고
취미도 없는
좋아하는 거라고는
딸 하나뿐
다른 건 모른다

엄마
잠은 잘 잤어
아침밥은 뭐 먹었어
아픈 데는 없어

지긋이 웃는 게 대답이다

그런 엄마가

사위한테

난 자네 각시가 참 이뻐

자네도 이쁜가

그럼요

볼수록 이쁘죠

장모님은 어디가 그렇게 이쁜데요

매일 저를 말해 주고

나를 물어봐 주잖아

편지를 썼어요

딱 한 사람
당신을
수취인으로

편지가 당신을 얼마나 기다리는데요
당신이 기다리는 게 아니라고요
편지가 그랬어요
기다림이 떨림이라고
떨림이 살게 하는 거라고

가을이
낙엽이
당신을 물들이지 않았어요
사랑이 물들였잖아요
가을이 단풍에게 물들지 않았는데
예쁘잖아요

그

가을이

그

단풍에게

쓰는 편지예요

너라서 사랑한다고

붉게

어떻게 편지를 안 써요

가을인데

당신인데

그녀가 예쁜 이유

길섶의 꽃이라고
아무렇게나 피고 지겠어요
피어날 때는 앓는 소리마저
투정조차도 향기롭겠지요

풀들이 틔우는 싹의 함성
꽃들이 지르는 속삭임
들을 수 있다면
얼마나 경이롭겠어요

꽃 한 송이 지는 소리마저
간드러지고 파릿하겠지요

다행이에요
풀들의 아우성
꽃들의 지저귐
들을 수 없는 귀를 가졌다는 것이

저들은 꿈도 없어요

그저 피고 지는 것이지요

예쁘게 보아 주길 바랐다면

길섶이나 낭떠러지에 피었겠어요

하지만 그것조차 어찌 알겠어요

고양이

훌쩍훌쩍 비 내리는 날
아내가 고양이 한 마리를 데리고 온다
아무 내색도 할 수가 없다

아내에게도 빈 가슴이 있었나

외출할 때면 배웅이라도 하는 양
이 층 창가로 나와 마냥 바라보는 고양이

돌아오며 올려다보니 나갈 때 모습 그대로
반가워 어쩔 줄 모르는 표정이다
매번 같은 모습에 시시티브이를 확인해 보니
그 자리 그 자세로
꼼짝 않고 창밖만 바라보는 모습이 담겨져 있다

저 기다림은 어디서 온 걸까

고양이의 간절함 속으로

훌쩍 든 아내의 뒷모습에
움찔, 한기가 든다

장군봉

거칠고 투박하다
남성스러운 산인데
여신이 살고 있는 듯 변덕스럽다

비경을 속 깊이 두고
더 깊은 절경을 숨겨
쉽게 내보이지 않으려 한다
산속에 숨겨진 또 하나의 산
계곡 속에 또 다른 계곡
속으로 옥류가 흐르고
신선을 품었을 신비가 온몸을 휘감는다

누구나 오르려 하지만
아무에게도 열어 주지 않는다
틈 속에 틈을 두고
높이 위에 깊이를 숨겨
쉬 들고 날 수가 없다
분명 여신이 살고 있다

죽어도 죽지 않을

오를수록 깊이에 빠져드는 경이
도대체 끝은 어디고
정상은 또 어디인지

깊은 궁 속의 궁
온몸을 들여야 겨우 오를 수 있다
신선도 넋이 빠져 승천을 거부했을 높이
용암이 되어 암호를 풀 때까지 기다려야 한다

산은 지쳐 기진한 바위를 안고
굉음을 낸다
전율을 한다
그 깊이에 올라
그 높이에 빠져
다시 돌아 나올 수 없는
아 심산유곡

프로포즈

갈대 무성한 길
별빛만이 길을 알려 주고
까만 바람만이 안내자일 뿐

별 들어와 박힌
그녀 눈 말고는
아무것도 보이지 않았다
발이 빠질까 엉거주춤 등을 디밀었다

갈대를 쓰러뜨린 바람처럼
억만 송이 별빛이
갈댓잎에 부서지며
가슴에 또 다른 별이 뜬다

갈댓잎에 새겼는지
그녀 눈빛에 새겼는지
억만 년 살고 지자며
발이 되어 주겠다고 했다

시작이 되자고 했다

제 평생을 업혔다

마중

들리는 것들 모두를
거르지 않고
가리지 않고 그대로 담아 놓는다

그것들이 여과 없이 들어오면
춤을 추기도 하고 울기도 하며
한없이 흔들리기도 한다

보이는 것보다
들리는 소리에 닫고 열고
가장 늦게 잠든다는 귀

세상을 다 듣고
나 먼저 먼 여행 떠날 때
그녀 홀로 훔친
울음 한 모금 담아 두고

훗날 뒤따라올 때

아파했던 배웅을
마중하리라

시 써야지요

아내가 그랬다
자기야 씻어야지요

내 귀에는
자기야 시 써야지요
라고 들렸다

시는 말을 씻는 일이고
몸을 씻는 것은
몸에 시를 쓰는 일이다

© 김숙

© 김숙

제4부 당신 가슴에도 주소가 있으면 좋겠습니다

화려한 장례

차려 준 무대도 없고
멍석을 깔아 준 이 없이도
얼마나 많은 가슴을 들뜨게 하는가
초대장 없이도 관객을 모으고
연주도 하지 않고 흥을 돋우며
방방곡곡 릴레이로 색의 향연을 펼친다

수려한 수의를 지어 입고
다시 피울 부활을 위해
축제의 잔을 든다
오색의 축포를 쏘아 올려
부푼 문상객을 춤추게 한다

어떤 장례가 이렇게 화려한가

꽃보다 찬란한 꽃

가을의 사치

가을 햇살 한 소쿠리

몇 년째 이러는지 모른다
막무가내로 머리를 들이밀고
휑한 마음 들쑤셔 놓으며
어서 나와 좀 봐 달란다
남은 세월 알 수 없다고

빨래 묻은 손
앞자락에 문지르며 물어본다
너는 어찌 그리 한결같냐고

파 한 단 다듬다 말고
묻은 흙 툴툴 털며 안아 본다
너도 내가 좋으냐고

물김치 담그다 말고
부엌문 빼꼼히 열고 기대어 본다
언제까지고 이렇게 와 줄 거냐고

에라 모르겠다

빨래고 김치고 뭐고

우엉차 한 잔 타 들고

마루 끝에 걸터앉은

그에게 건네며 말 걸어 본다

너는 어찌 그리 살맛 나게 하냐고

나랑 좀 놀다 가라고

아니, 가지 말라고

저물지 말라고

꽃이 피는 이유

꽃잎에 맺힌 이슬을 보고
꽃이 땀 흘린다고
부채질을 해 주는 네 살배기

아이는 이슬이
왜 송알송알 맺히는지
꽃잎이 어떻게 이슬을 먹고 피어나는지

몸뚱이 마디마다
몸살을 앓아야 꽃 한 송이 돋아난다는 걸 모른다

몸 어디에
저 많은 송이들을 담아 두고
여린 가지 속 어디에
저 고운 색들을 들였다 피어내는지 알 리가 없다

꽃잎 하나하나는
꽃나무가 죽을힘 다해 피어 낸 땀이다

향기는 꽃이 제 살을 말려 내는 아픈 소리다

아이는 땀으로 키워 낸 꽃이다

당신 가슴에도 주소가 있으면 좋겠습니다

발신인 불명으로
내 가슴 보내면
주소 없는
그대 가슴으로 당도할 수 있을까

이름표도 없고
안부도 없이
바람 한 점인데도
나인 줄 알까

그리움 하나
발그레 써 보내면
불그레한 가슴으로
답장 써 줄까

답장이
타 버린 가슴이면
찍힌 소인이

눈물이면

나는

옷

최선을 선택하고 후회 없이 결정해야 한다

알아서 나를 표현해 주고
있는 척 고상한 척 위장도 해 준다
폼 나고 멋스러우면 불편해도 좋다
나는 너와 달라
말하지 않고 나를 표현할 수 있는 최상의 언어다

벗으려고 입고 입으려고 벗는다
누구는 보이고 가리기 위해 입고
어떤 이는 노출하기 위해 입는다
입은 것이 벗은 것보다 더 자극적이기도 하다

마음에도 입는 옷이 있다면
나를 벗겠다
나를 바꿔 입을 수 있고
과거를 세탁할 수 있다면
그 옷을 사겠다

글에도 옷이 있고
말에도 패션이 있다
누군가 나의 글을
나의 말을 입어 준다면

옷도 사람을 가리고 고른다면 그에게 선택받겠다

술 익는 마을

그곳에 가면
새벽 장처럼 싱싱한 생을 맛볼 수 있다

바글바글 잘 익은 술
헐렁해진 사람들

떨이 같은 휘청거림과
거저 주는 큰손들이 호기를 부리고

왁자지껄 도란도란
사는 곳이 어디냐고 묻지도 않고
여자 남자 가리지 않고
위아래도 없이
말 트고 가슴 열어 술잔도 친구가 된다

술이 주는 호방함에
나를 내어 놓고 너를 받아
어깨를 걸고 서로를 마신다

부대낌과 살가움이

술 익듯 익어 간다

기울어져 걷는 길

한잔
어때

고단한 하루를 절구질 쳐
질끈 망각 속으로 밀어 넣는다
이제 그만 그는 절구통 속에서 도정될 때도 되었건만
아직도 씹혀 주는 질긴 안주
그마저 없다면 술은 또 얼마나 쓸까

건배는 잘 버텨 보자는 구차한 구걸
혼자만 살아남지 말라는 협박

한 묶음으로 옭아매 보아도
너와 나 하나라고 어깨를 걸어 보아도
가슴 저 밑바닥에서 들리는 소리

너는 술잔 속에 떠 있는
섬

꼬인 혀 엉킨 다리로 걷는 하루는

기운 달처럼 서럽다

꼬인 한 잔

신음을 토하며 비틀려진 뚜껑은
주둥이를 열어 생을 붓는다
맑게 뜨겁게 파고들어 차갑게 타오른다

첫맛이
달다 쓰다 맹맹하다 하는 모두를 마비시켜
굳은 혀를 풀어 꼬인 속을 끄집어낸다

얌전하던 혀
할 말도 못 하던 입
묵은 속을 배배 틀어
못할 말만 골라 하게 한다

두엄자리만도 못한 속보다
쏟아 낸 말들
수습을 더 고약하게 만드는 기술이 탁월하다

못 할 말

가시 박힌 말

해서는 안 될 말 주워 담으려고

오늘까지만 했는데

결국 오늘도

반듯한 길을 헛다리 짚고 간다

툭

퇴근길에 꽃다발을 들고
들어와서는
툭, 던져 놓고
휙 들어가 버리는 남자
꽃처럼 피었던 마음도 털썩 주저앉는다

툭, 은 아내가 질색하는 언어다
혹했던 가슴에 찬물을 끼얹는 소리다

설익은 사내의 무뚝뚝함은
말을 툭 던지고
생각을 툭 내뱉고
꽃을 툭 던지지만

툭 속에는 더 꺼내 놓지 못한 사내가 있다
평생 모른 체해 주어야 할

툭, 던지며 돌아서는 등짝에 알면서도

설운 소리가 산다

툭

목련이 질 무렵

죽음을 미리 설정해 놓고도
끝까지 매달려 떨어지지 않으려는 한 잎은
넝마처럼 참혹하다
죽음이 주는 비극을 다 거치고 나서야 비로소 생을 떨
군다

된서리에도 봉오리는 벌써
꽃물을 가득 담고 있다
솜털을 곧추세워
한생 피울 준비를 한다

새살이 돋는 것처럼
흰 속살 반쯤 피운 그때가 절정이다

꽃잎은 풍등을 다 켜 단 듯 세상을 열어젖힌다

질 때의 처연함은 세상 어떤 낙화보다 남루하다
언제 꽃이었던가 하는 생각마저 들게 한다

한 잎 피워 내기 위해 털 코를 몇 번이나

벗어 내며 버티었는데

하늘 향해 치켜뜬 하얀 존재감은 다 어디 갔는지

꽃으로만 질 수는 없는지

그녀가 있다

이제 여자 혼자 돌아가야 한다
짧지만 전부였던
날들은 남기고

그 후 몇 날이 더 지나고
짐을 꾸리려는데
그녀 신발이 거기 그대로 있다

그만 숨이 멎을 것 같다

빤히 올려다보는
발개진 코빼기에
그녀가 있다

남기고 간 신발 속에 몰래 두고
평생 꺼내 볼
안개꽃 한 송이로 나 살겠다

핑계

비를 핑계 삼아
그녀에게
데이트 신청을 했다

빗속을 둘이서
어떠

해가 빵끗 떠 버렸다
빛 속을 둘이 서로 하자

그녀가 해처럼 웃으며
둘이서라면
빛 속도 좋아

강물 위를 달리는 남자

만경강변을 따라
자전거 길에 오르면
강물이 페달을 젓는다

하늘과 강의 숨결이 맞닿는
아득한 그곳에 들면
그녀에게 닿을 수 있을까

하늘의 아련함과 강의 애달음이 만나는
수평선 일 번지는
그녀의 고향

가슴속의 그녀를 달려
새벽 강에 다다랐건만
하늘은 저 홀로 흐르고
강은 애달피 하늘을 담고

페달은 나를 밟고

나는 세상을 저어

닿을 수 없는 그녀에게 간다

안전벨트

벨트를 매지 않는 그녀
모르고 그러는지 일부러 그러는지

팔을 돌려 벨트를 당겨 매 준다
귓불에 감겨드는 숨소리
꿀꺽,
입 마른 벨트가 클립 속에 잠겨 들 때

세상은 자전을 멈춘다

움찔, 빼려는 손을 제치며
가쁜 팔이 목덜미를 휘감아 채운다
딸깍,

꼼짝할 수 없다
벨트 속에 갇힌 입술이 치열하다

조여드는 벨트

무장해제되어 가는 한 생

목적 잃은 용도 불명 안전벨트 속에서

벨트와 클립은 끝내 서로에게 잠겼다

셋방

금강 어귀 성당포구 강나루 반점
돌쩌귀 내려앉은 헐렁한 문을 여니
달랑 탁자 두 개
그마저 먼저 온 손님이 주인처럼 앉아 있다

어정쩡 서 있는데
곱빼기 접시를 엎어 놓은 것 같은
배불뚝이 사내가 같이 앉으라 한다
얼룩얼룩 늘어진 셔츠에 엉성한 수염이 짜장 색깔을
닮아

처음 세 들던 그때처럼 낯설다

달랑 단무지 하나
김치 좀 달라 하니
같이 먹으라는 뚱한 소리에
앞 사내가 슬쩍 접시를 밀어 준다
짜장 묻은 젓가락에

멈칫, 허기를 오므린다

퉁명스러운 사내 얼굴에
아이 울음조차 눈치 주던
옛날 주인 얼굴이 지나간다
단무지처럼 누렇게 뜬

풍뎅이 요리

풍뎅이 한 마리 거미줄에 걸려들었다
끊어질 듯 주저앉을 듯
여린 그물 속에서 헛발질만 할 뿐
한 코에 맥도 못 추고
버둥대는 꼴이 애처롭다

이제 더 공격할 것도 서두를 것도 없다
거미는
나뭇잎 그네에 몸을 기댄 채
차려질 특식에 배부른 고민만 있을 뿐

구워 먹을까
튀김을 할까
주방이 분주하다

거미는 제 올가미에 제가
걸려들지는 않는다
바람에 줄이 엉켜

지도를 읽지 못해도

길을 잃거나 발을 빠뜨리지 않는다

무대

막이 닫히면
내려와야 되는지
재계약을 해야 되는지
내가 정하면 잘 산 거고
네가 정하면 못 산 것이 되는지

갈 곳이 있어 나서는 길은 얼마나 기대될까
저만치서 나로 인해 두근거리는 그대가 있다면
함께 걸어갈 무대만 있다면
주연이면 어떻고
조연이면 또 어떤가

높고 낮음은 오선지 속에만 두고
색깔로도 나누지 말고
박수 소리로도 한정 짓지 말자

무대 뒤를 걱정하며 밀려날까 조바심도 치지 말자

첫 키스

난생처음 만난 태풍이었지

붉은 심장 꺼내 들고
거칠게 달려드는 막무가내였어

아찔한 늪이었지

거슬러 오르는 파도가
헛디딘 낭떠러지처럼
한없이 솟구쳐 올라

그 가쁜 허파 속으로 곤두박질쳐
너에게 자지러지는
아뜩한 갈증

다시 헛디딘다 해도
다시 곤두박질쳐 처박힌다 해도
그 아뜩한 깊음 속으로
빠져들고 싶다

약속

첫눈 내리면
시계탑 밑에서 만나자던
사람

거기는 내리고
여기는 아니 내릴 수도 있는데

약속이란 건
막연한
첫눈 같은 것

겨울이 되면
그날을 불러내어
만나러 가야 할 것만 같다

오지 않을 사람을 서성이는
시계탑

아니, 첫눈처럼

올

© 김숙

연심戀心, 꽃을 피우는 마음

차성환(시인, 한양대 겸임교수)

서호식 시인은 어머니에 대한 사랑과 그리움을 노래한다. 낳아 주고 길러 주고 보살펴 준 어머니의 사랑을 통해 인간이 품을 수 있는 가장 고귀한 가치를 깨닫는다. 어머니는 한 생명이 다른 생명을 어떻게 품어야 하는지를 가르쳐 준다. 자신의 존재를 내어 주면서 자식을 돌보는 어머니의 사랑은 끝이 없다. 서호식 시인의 시집 『그대에게 물들기도 모자란 계절입니다』는 어머니가 보여 주신 숭고한 사랑을, 어머니가 나에게 준 모든 것을 되새김질하는 애절한 사모곡思母曲이다. 그는 어머니에게 받은 사랑을 다른 이에게 베푸는 삶이 우리가 사는 세상을 더 아름답게 만든다는 것을 믿는다.

내가 제일 먼저 배운 말은
만세,
그래 만세였다
엄마는 내 윗도리를 벗길 때마다
만 세 했다

나는 두 팔을 번쩍 들어
어둔한 만세를 했다
무슨 뜻인지도 몰랐던
만세

만세는 승리를 가르치고 싶은
엄마의 기도였다

한없이 쇠잔해진 엄마를
씻겨 드려야겠다는 생각에
엄 마 만 세

엄마는 엉거주춤
구부정한 만세를 한다

아픈 세월을 품은

어머니의 숨찬 만세는

예순의 입안에서 울었다

—「만세」 전문

   이 짧은 시에는 내가 어렸을 때 "엄마"에게 배운 "만세"를 오랜 시간이 흐른 후 늙은 "엄마"에게 다시 되돌려주는, 가슴 뭉클한 순간이 담겨 있다. "엄마"는 '나'에게 최초로 "만세"라는 "말"을 가르쳐 줬다. "만세"는 내가 "제일 먼저 배운 말"이다. "엄마"는 어린 자식의 "윗도리를 벗길 때마다" "두 팔을 번쩍" 드는 동작을 가르쳐 준다. 아마도 모자母子는 서로를 마주하며 수도 없이 많은 "만세"를 했을 것이다. 그것은 아직 삶이 무엇인지 모를 나이의 자식에게 "승리를 가르치고 싶은/ 엄마의 기도였다". 세월이 흘러서 그런 "엄마"가 노화로 "한없이 쇠잔해"지자 '나'는 "엄마"에게 거꾸로 "만세"를 가르쳐 주게 된다. 자신의 몸도 잘 가누지 못하게 된 "엄마"의 몸을 씻겨 드리기 위해 "엄 마 만 세"를 부르는 자식의 마음은 얼마나 아팠을까. 자식을 키우면서 험난한 생을 살아왔을 "엄마"의 "아픈 세월"이 주마등처럼 지나가고, "예순"

의 '나'는 차마 소리도 내지 못하고 울음을 삼킨다. "어머니의 숨찬 만세"는 자식이 아프지 않고 훌륭하게 잘 크기 바라는 "기도"에서 비롯되었을 것이다. 그렇다면 "어머니"가 자식에게 바라는 "승리"의 삶은 무엇이었을까. "어머니"가 품은 "아픈 세월"은 또 어떠했을까. 시인은 어머니가 걸어온 길을 찬찬히 되돌아본다.

한 짐 휘청하게 지고
성한 쪽에 기대어
반쪽 걸음으로 겨우 간다
반은 끌고 반은 흘리며
생이 빠져나가듯이

엄마의 걸음이 예전 같지 않다
많이 쓴 쪽이 닳아져서 그런 것이니
암시랑 않단다

세상이 기울어져 그런 것이라고

기운 자식 바로 세우고
비틀거리는 살림 버팀목으로

더 쓴 쪽이 짧아진 것이다

한 짐 식구들을 머리에 이고도
짱짱했던 다리였는데

반듯한 길을 기우뚱 걸어도
암시랑 않은
반듯한
한
생
　　　　　　　　　—「기우뚱 걷는 세상」 전문

　"비틀거리는 살림"에 자식을 바르게 키우기 위한 "엄
마"의 삶은 그리 녹록치 않았을 것이다. 무거운 "짐"을
지고 오느라 어느덧 지금과 같이 "반쪽 걸음"이 되고 그
"걸음"에 자신의 "생"이 빠져나가는지도 몰랐을 것이다.
당신이 감당해야 할 삶의 무게가 너무나 버거웠기에 한
쪽 발을 "버팀목으로" 근근이 버텨 냈으리라. "짱짱했
던 다리"로 젊은 시절을 다 건너와 보니 이제 "걸음이
예전 같지 않다". "버팀목"이었던 한쪽 발은 많이 쓴 탓

에 "닳아져" "엄마"는 "반듯한 길을 기우뚱 걸어"가는 것
이다. 그제야 '나'는 "엄마"가 지금까지 "한 짐 식구들을
머리에 이고" 다녔다는 것을 깨닫는다. 그러한 "엄마"의
헌신이 "기운 자식"을 "바로 세우"게 한 것이다. "엄마"
는 "반쪽 걸음으로" 다리를 절면서 가는 것 같지만 오히
려 반대로, 자식을 이 세상에 바로 세우기 위한 그 걸음
은 "엄마"가 누구보다도 "반듯한/ 한/ 생"을 살아왔음을
증명해 주고 있는 것이다. "엄마"는 자식이 걱정할까 봐
아무렇지도 않다면서 "세상이 기울어져 그런 것이라고"
농을 치지만, 그런 "엄마"의 뒤를 안쓰러운 얼굴로 쫓아
가는 자식의 모습이 눈물겹다. 자식은 "엄마의 걸음"을
쫓을 때 비로소 "엄마"의 사랑을 깨닫는다. 어머니는 자
식이 세상에 오롯이 바로 서는 것을 보고 싶다. 자식에
게 "승리를 가르치고 싶은/ 엄마의 기도"(「만세」)는 지금
도 계속된다.

> 무 한 밭 등에 지면
> 가을이 한 짐이다
> 햇살과 어머니만을 먹고 자라
> 잘 익은 하늘처럼 곱다

무는

잎이 뜯겨지고

껍질이 벗겨져

깍두기가 될 때

비로소 제 향을 낸다

몸이 깎이고 잘려 나가며

살점을 다 내어 주고 나서야

겨우 내는 신음이다

한 조각 울음이 향기가 되어 가는 것이다

한 입 베어 문 속으로

울컥

어머니

　　　　　　　　　—「깍두기를 담그며」 전문

　가을무가 잘 자랄 수 있는 것은 "햇살과 어머니" 덕분
이다. 여기서 "어머니"가 등위접속사를 통해 생명의 기
운을 내뿜는 자연의 "햇살"과 동격으로 같이 묶여 있다
는 사실을 눈여겨봐야 한다. 구문론상에서의 이러한 배

치는 단순해 보이지만 의미론적으로 해석의 확장성을 갖는다. "햇살"이 비추는 따뜻한 자연의 손길처럼 "어머니"의 사랑도 그와 같다. 선선한 가을날의 "햇살"처럼 따뜻한 "어머니"의 사랑이 연상되는 것이다. 뭇 생명들을 품고 돌보는 자연의 이치와 같이 "어머니"는 내리사랑을 우리에게 베푼다. 가을무는 이러한 "햇살과 어머니"의 사랑과 돌봄을 통해 "잘 익은 하늘처럼 곱다". "깍두기"를 만들기 위해 "무"의 "잎이 뜯겨지고/ 껍질이 벗겨"질 때 "무"는 "비로소 제 향을 낸다". "햇살과 어머니"의 내리사랑을 받은 "무"는 자신도 자기 몸의 "살점을 다 내어" 주며 그 내리사랑을 실천하는 것이다. "무"의 알싸한 "향"은 다른 이에게 아무런 대가없이 자신의 몸을 내어 주면서도 마치 아무렇지도 않다는 듯이 혼자 삭이며 "겨우 내는 신음"이고 "한 조각 울음"이기도 하다. '나'는 "어머니"가 "밭"에서 키운 "무"를 가져다가 "깍두기를 담그"면서 "어머니"의 크신 사랑을 깨닫는다. "밭"에서 자란 "무"가 대자연의 돌봄과 사랑에서 크듯이 '나' 또한 "어머니"의 내리사랑 속에서 자란 것이다. 어미가 새끼를 돌보듯이 자연은 태어난 생명을 돌본다. 이 자연의 이치를 따를 때 세상은 "잘 익은 하늘처럼 곱다". 어머니의 사랑은 "잘 익은 하늘"과 같이 넓고 크다.

시인은 "어머니"의 사랑을 통해 삶을 살아가는 방법을 배운다. 작은 피조물들도 대자연의 이치에 따라 생육하고 번성하듯이, 우리가 사는 세상에는 눈에 보이지 않는 사랑과 돌봄이 있음을 깨닫는다. 아무것도 허투루 버려지는 것은 없다. 이제 시인은 세상의 모든 사물들에서 어머니의 사랑을 발견한다. 어머니의 사랑을 통해 시인은 비로소 세상을 새롭게 바라보고 새롭게 인식하는 것이다. 이 모두가 어머니가 내게 일러 준 것이다.

담장 너머로 붉은 꽃이 피었다
엄마는 저 꽃이 세 번 피면
쌀밥을 먹을 수 있다고 했다
그 말에 나는
쌀밥나무꽃이라 불렀다

호남고속도로가 뚫리면서
붉은 나무는 아궁이 속으로 끌려 들어갔다
꽃잎처럼 타는 나무를 보며
다시는 쌀밥을 먹을 수 없다는
아뜩함에

몸에서 붉은 진액이 흘렀다
그 끈적한 뜨거움에 몸서리치며
성장통을 겪는 동안

담울담울 쌀밥처럼 피었다 지고
피기를
세 번이나 반복하며
온 생을 꽃으로 피운

져서도 쌀밥 향기로
가슴에 있는
어머니 꽃

— 「백일홍—배롱나무꽃」 전문

  '나'는 "담장 너머로 붉은 꽃이" 핀 것을 보고 문득 어린 시절에 "엄마"가 들려준 이야기를 떠올린다. "배롱나무"에 핀 "백일홍"을 두고 "엄마"는 '나'에게 "저 꽃이 세 번 피면/ 쌀밥을 먹을 수 있다고" 한 것이다. 실제로 "백일홍"은 100일 동안 3번 피고 지는 것을 반복하는 꽃이다. 아마도 그 시절에는 살림이 가난한 탓에 주식으로 "쌀밥"을 먹지 못했나 보다. 어머니는 "쌀밥"을 먹고 싶어 하는 자식을 그렇게 달랬을 것이다. 어린 '나'는 "엄마"의 말을 찰떡같이 믿고 "쌀밥나무꽃" 피는 것을 기쁘게 바라보았을 터이다. 하지만 어느 날 "호남고속 도로가 뚫리면서" 마구잡이로 벌목된 "붉은 나무"("쌀밥 나무")가 "아궁이 속"에서 타는 것을 보고 "아뜩함"을 느 낀다. "쌀밥"을 먹을 수 있다는 "엄마"의 약속이 실현되 려면 "쌀밥나무꽃"이 세 번 피어야 하는데 "나무" 자체 가 통째로 사라지고 있기 때문이다. "붉은 나무"가 타들 어 갈 때 '나'의 몸에서도 "붉은 진액"이 흐르는 것 같다. "끈적한 뜨거움에 몸서리치"던 '나'. 그것은 어린 시절에 겪는 '나'의 "성장통"이다. 성인이 되어서 '나'는 그 시절 "쌀밥나무꽃"이 내 "가슴"속에 "피었다 지고/ 피기를/ 세 번이나 반복"했다는 것을 깨닫는다. 실제 "백일홍" 은 불에 타 사라졌지만 "엄마"의 약속과 믿음은 간절하 게 살아남아 "가슴"에 "꽃"으로 피고 지기를 반복한 것 이다. 이제 "배롱나무"에 핀 "백일홍"은 그냥 꽃이 아니 다. "온 생"을 다해서 자식에게 "쌀밥"을 먹이고 싶어하 는 "엄마"의 뜨거운 마음이다. 설령 그 "꽃"이 지더라도 '나'에게는 영원한 "쌀밥 향기"로 남을 것이다. 시인의 "가슴에 있는/ 어머니 꽃"은 인간에 대한 믿음과 그리움

으로 자라난다. "어머니"가 자식에게 유일하게 남긴 것
은 사랑이라는 "꽃"이다.

    실타래처럼 비가 내립니다
    실한 몇 가닥 추려 내
    보고픔을 짭니다

    굵고 곧은 가락 엮어
    그대 있을 저만치로 띄웁니다
    더는 젖지 마세요

    빗소리를 바라보는 것만으로도
    그대를 듣습니다

    까마득히 많은 계절을 젖어 바라본 비
    그때마다 어떻게 다른 소리가 되어 오는지
    다름으로 다가가는
    방법이 있다면 배워 두고 싶습니다

    내 입술로 뿌려진 말들도 이 비만큼 될까
    땅속으로 스며든 빗방울보다

바다로 간 빗물이 더 많듯이

버려지는 말보다

씨앗이 되는 말이 더 많았으면 좋겠습니다

빗소리로 곡조가 된 글들이 그대에게도 내려

날줄 사이사이

그리움의 씨줄을 꿰어

그대와 나 한 올로

흠뻑 짜이면 좋겠습니다

　　　　　　　　　　—「빗소리로 그대를 짭니다」 전문

　“비”가 내리는 날에는 “그대”가 떠오른다. ‘나’는 지금 이곳에는 있지 않은 “그대”에게 가닿고 싶은 마음에 “실타래처럼” 내리는 “비” “몇 가닥 추려 내/ 보고픔을” 짜낸다. 이 시에는 “까마득히 많은 계절을 젖어 바라본” 만큼, 오랜 시간 “그대”를 사모하는 마음이 절절하게 새겨져 있다. ‘나’는 “빗소리”가 그대에게 건네기 위해 “내 입술로 뿌려진 말들”이 되기를 소원한다. “빗소리로 곡조가 된 글들이” 먼 곳에 있는 “그대”에게 닿기를 바라는 것이다. 아마도 “그대”는 내가 띄운 이 “그리움”의 편지를 빗줄기 속에서 읽어 낼 것이다. “빗소리” 속에서

"그대와 나"는 "한 올로/ 흠뻑 짜"여져 있을 것이다. 이
때 "빗소리"는 "그대"가 여기 없다는 상실과 슬픔의 "빗
소리"가 아니라 충만한 "그리움"과 "보고픔"의 "빗소리"
이다. 어쩌면 "그대"를 향한 사랑과 "그리움"이 "비"를
내리게 하는지도 모른다. "나는 세상을 저어/ 닿을 수
없는 그녀에게 간다"(「강물 위를 달리는 남자」).

　　그곳에 가면
　　새벽 장처럼 싱싱한 생을 맛볼 수 있다

　　바글바글 잘 익은 술
　　헐렁해진 사람들

　　떨이 같은 휘청거림과
　　거저 주는 큰손들이 호기를 부리고

　　왁자지껄 도란도란
　　사는 곳이 어디냐고 묻지도 않고
　　여자 남자 가리지 않고
　　위아래도 없이
　　말 트고 가슴 열어 술잔도 친구가 된다

술이 주는 호방함에

나를 내어 놓고 너를 받아

어깨를 걸고 서로를 마신다

부대낌과 살가움이

술 익듯 익어 간다

—「술 익는 마을」 전문

　"그곳"에는 "새벽 장"에 온 것처럼 "싱싱한 생"이 꿈틀거리고 이해타산을 따지지 않고 "헐렁해진 사람들"이 있다. 이 "술 익는 마을"은 "와자지껄 도란도란" 사람 사는 이야기로 가득 차 있는 곳이다. 패를 나누지 않고 남녀노소 누구나 다 함께 "말 트고 가슴 열어" "친구"가 되는 곳이다. 서로에 대한 경계심을 내려놓은 채 "나를 내어 놓고 너를 받아/ 어깨를 걸고" "부대낌과 살가움"으로 한데 어울린다. 서로에 대한 마음으로 하나가 되는 "술 익는 마을"의 정경이 눈에 선하다. 사람에 대한 사랑과 그리움으로 이들은 "술 익듯 익어 간다". "그곳"이 어머니가 꿈꾸는 마을이고 "그곳"에서의 삶이 어머니가 자식에게 바라던 생의 모습이 아니었을까.

여름내

연못을 다 덮고도 남았던 연잎이

까맣게 굽어

진흙탕 속에 고개를 처박고 있다

굽은 허리 위로 눈송이가 피었다

죽어도 꽃을 피우고 싶은

연심이다

—「연못에 들다」부분

"여름내" 연꽃이 다 피고 진 후에 "연잎"만 남은 "연
못"에는 아무 볼 것이 없어 보인다. 하지만 그 "진흙탕
속에 고개를 처박고 있"던 "연잎"은 기어코 자신의 "굽
은 허리 위로 눈송이" 같은 연꽃을 피워 낸다. 그것은
"죽어도 꽃을 피우고 싶은/ 연심이다". 연꽃의 마음이
기도 하고 "연심戀心", 곧 무언가를 사랑하고 그리워하
는 마음이다. 생生에 대한 무한한 긍정이다. 누군가에
대한 그리움에 "몸살을 앓아야 꽃 한 송이 돋아"(「꽃이 피
는 이유」)나는 것이다. 꽃 하나가 피어도 그냥 피는 것이
아님을 우리는 알겠다. 이는 꽃의 의지이기도 하고 대
자연의 의지이기도 하다. 어머니의 기도와 사랑에 의해

자식이 한 송이 꽃으로 오롯이 설 수 있듯이.

서호식 시인은 대자연의 돌봄을 받는 세상의 모든 사물에서 어머니가 남기고 간 사랑의 흔적을 발견한다. 우리가 살아가는 곳곳에, "부대낌 속에서도/ 일곱 남매 빈 생을 채웠던/ 그/ 아린// 어머니/ 냄새"(『수명두리』)가 서려 있다. '나'라는 존재 자체가 어머니가 품은 사랑의 위대함을 깨닫게 해 준다. 그는 "땅을 고르는 농부"와 같이 "햇볕에 몸을 부비며/ 한마디도 하지 않고 종일/ 서로를 어루만지고 손끝으로만 교감한다"(『싹의 노래』). 사람에 대한 사랑과 그리움으로 삶을 살아가는 것. 시인은 "햇볕"이 내리쬐는 흙을 만지는 "농부"의 마음으로 삶을 살아간다. 그는 우리가 살아가는 한가운데에 생명과 사랑의 씨앗을 심을 것이다. 우리 "가슴에 있는/ 어머니 꽃"(『백일홍—배롱나무꽃』)은 절대로 지지 않을 것이다.

서호식 시집 그대에게 물들기도 모자란 계절입니다

1판 1쇄 펴낸날 2021년 9월 17일
지은이 서호식
펴낸이 이재무
책임편집 박은정
편집 디자인 민성돈, 장덕진
펴낸곳 (주)천년의시작
등록번호 제301-2012-033호
등록일자 2006년 1월 10일
주소 (03132) 서울시 종로구 삼일대로32길 36 운현신화타워 502호
전화 02-723-8668
팩스 02-723-8630
홈페이지 www.poempoem.com
이메일 poemsijak@hanmail.net

ⓒ서호식, 2021, printed in Seoul, Korea

ISBN 978-89-6021-581-8 03810

값 10,000원